KB081387

그리워서 풀꽃이다

그리워서
풀꽃
이다

양종윤 글·그림

산골 출신 양 변호사
감성 낙서집

자유문고

들어가며

산골에서 나고 자란 탓인지
딱딱한 법률 일을 하면서도
늘 동네 뒷동산과 골목길, 그리고 시골 풍경을 좋아한다.

낙서……

까맣게 잊고 살다가
뒤늦게 스마트폰으로 끄적거리게 되었고
그중 일부를 간추려 보았다.

무척 부끄럽다.
흔하고 뻔한 장면들과 낙서들이다.

그래도 용기를 내었다.

우리 사는 어눌하고, 일상적인 이야기,
가슴속 감춰진 이야기들을
골목길 모퉁이에서 만나 잡담하듯 나누고 싶어서였다.

오로지
글과 그림(사진)이 만나 부족한 서로를 채워주고
새로운 느낌을 주기를 바라는 마음뿐이다.
우리 사는 세상처럼……

사랑하는 가족, 친구, 선후배 모두에게 부족한 이 글과 그림을 바친다.

제1장 만남

심쿵은

예고 없이 찾아온다

무심코
탁구를 치고 있을 때에도

제1장 만남

우리

사랑의 밤은
별들도 춤추게 했지

제1장 만남

하트

하늘도
사랑엔 감동하나 봐

• 을왕리 겨울 바닷가에서

제1장 만남

바라는 건

없어
네가 행복한 거 말고는

제2장 오해

오해라고

꽃 속에
꽃이 피었다면

바람 안에도
바람이 불고 있을까

제2장 오해

마음을 모르겠어

지금
너에게

난
단지

확률적으로만
존재하고 있어

제2장 오해

이별은

어느새
가을이 와 있는 거

자꾸
고개가 떨구어지는 거

제2장 오해

폭설

눈보라가
길을 막고 서 있는 건 아니지만

그립다는 건
늘

몸뚱아리와는
상관 없는 일이다

진동벨

커피숍 탁자 위에 별이 뜰 때까지
주변 모든 것들이 기다리기 시작한다.

기다림에는 늘 틈이 있고
어렴풋이 틈 사이로 자생하고 있는 것들을
바라보고 있다.

멀찌감치 쪽 진 하늘의 한 구석
어디론가 흘러가고 있는 구름과
이제 막 점멸하려는 것들의 진동은
보폭이 같다.

제2장 오해

보폭이 같을 때는
시간이 흐르지 않았지.

증기가 흩어져.......
뚜껑을 열면 회전목마가 멈춘댔지.

밤하늘과 커피숍의 탁자는
궤적이 같을 거라 했지.

제3장 이별

미련

술로

달래 보아도

안 되는 게 있다

제3장 이별

연락

영원히 지지 않을
꽃나무를 키우고 있다고 했다

제3장 이별

먹먹한 재회

"......"

제3장 이별

충격

수녀원의 흰 담벼락

그녀는 이미
눈보라 속으로 도망치고 있었다

제3장 이별

얼음꽃

무통의 냉동실에 넣어두었다가
꽃들 피고 지는 어느 훗날
쓰레기통에 던져질 때까지

다시는
봄은

이 얼음을 녹이지 못하고
이 두꺼운 외투를 벗기지 못합니다

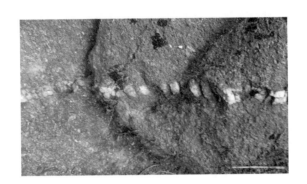

제3장 이별

ZIP

어떤 기억들은 데스크 탑 컴퓨터에 내장된
하드디스크 띠 모양의 두께에 압축파일로
저장되기도 한다.

저장된 기억파일들은
압축을 푸는 소프트웨어 프로그램을
가동하면 어렵지 않게 되살릴 수 있지만

간혹
어떤 몹시 슬프거나 아팠던
차라리 몰랐어야 했던 사랑 같은 것들

〈돌나이테: 누구에게나 압축하고픈 시절이 있다〉

지축이 흔들리고, 천둥번개 요동치던 날의
부끄러웠던 이별 같은 것들

다시 꺼내면 처음 그 자리로 돌아가
다시금 불 붙어 모든 걸 불태우고 말
그 어떤 미완 같은 것들은

그냥
압축이 풀리지 않은 채
데스크 탑 몸체와 함께 서서히 마멸되기만을 기다리고 있다.

* ZIP: 무손실 압축 포맷

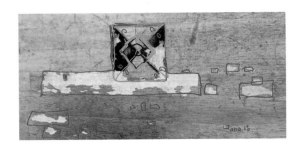

어디론가

무작정 떠나고 있다
바닥에 쏟아지려는 마음
겨우 주워 담아

제4장 방황

해변

모래바닥에도
남아 있었어

쓰리도록
아름다운 상처

제4장 방황

청령포

물은 흐르고 흘러 바다로 가지만
마음은 단애처럼 우뚝 끊겼네

풀이라고 다 꽃을 피우진 못하지만
번개 내리치던 날 풀 한포기 뿌리 채 뽑혔네

이 물 건너는 건 슬픔을 사랑해서가 아니라
세상사 살아간다는 게 아리고 또 아려서

* 청령포: 어린 단종이 유배되었던 곳

귀환

어쩔 수 없이
거대한 돌덩이를 나르고 쪼다가
일생을 살다간 숱한 삶들

그 숙연함에
무언가 알 수 없는 부끄러움이

긴 방황의 발걸음을
되돌리게 한다

제4장 방황

주문진

흙 위의 것들이 끝나는 데까지 내달려
더듬거려 보는 어깻죽지

바람을 안고 날아오를
꼬리뼈 같은 날개의 흔적이 없다.

뒤돌아서며 버텨보는 맞바람
내 새우등 등짝을 밀어내면

발가락 사이로 무너져 내리는 모래에도
바닥이 있었다,

제4장 방황

달아오른 모래밭

반만 묻은 인주에 늘 가난한 족적이 남았고

파란 하늘 밑에는 식은 흙길이

지렁이처럼 꿈틀거리며 나있었다.

오상아

우연히 만났다
소요유라 했다

알을 깼다고 했다

* 오상아(吾喪我): 장자 제물론에 나오는 말. 자기가 자신
  을 제사 지냈다는 것으로, 초아적 삶으로 거듭나는 것
  을 말함.

* 소요유(逍遙遊): 장자에 소요유편이 있다. 마음 가는 대
  로 유유자적하며 노닐 듯 사는 모습.

제5장 인연

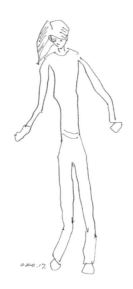

영순이

골목길에서
만났다

말이 없었다

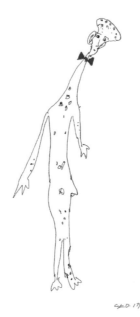

Cybe D. 177.

제5장 인연

넌

아름다워

언제
어디서든

제5장 인연

들꽃

참 아리따운 이

집 뒤안길
나지막한 뒷동산에 있었다

웅이 18.

소통

딴청 피우는 것 같아도
늘 귀 기울이고 있다고

obo.17

obo.17

제5장 인연

동행

시선만 떼지 않는다면

되돌아 오거나
계속 거기 멈춰 있을 필요는 없어

제5장 인연

곡선

직선 위에
서 있을 수 있는 이유

행복

마음만큼은
나도

나비처럼 날아서
벌처럼 쏜다고

＊웃음이 시작되는 곳은
　늘 가까이에

　행복은 언제나 등잔 밑이 어둡다

복식

호흡이 중요해
비결은 없어

제5장 인연

인연

질기니까 이어지지

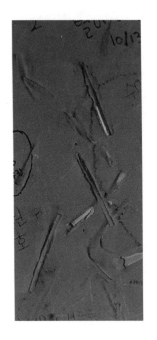

미토콘드리아 이브[*]

너에게서
내가 그리워하는 체취
짙은 내 취향을 더듬어낼 수 없다면
너는 여전히 나의 타인이다.

개는 주인 옷자락에 대고
코끝을 킁킁거리는 현실

긴 면발을 집어 올린
후각이 먼저 어느 선사시대 통발 속 멸치
검은 냄새를 살핀다.

먼 바다 먼 길을 헤엄쳐 온
결국 나는

*미토콘드리아 이브: 세포내 미토콘드리아 DNA 는 모계를 통해서만 유전되고 있어 모든 인류의 공통 모계조상으로 추정되어 불리는 말.

나를 우려내고, 들이마시고, 아파하는 거다.

가게를 말아먹고
골방에 돌아누운 내 굽은 등짝에서
어머니는 유전자 지도를 읽어내셨다.

"제 살 제가 파먹은 것이제."

어느 날일지

나는 또
아파하다가 갉아먹을 내 뼈다구 한줌

통통하게 살이 오를 어느 미생물
뾰족한 입속으로
톡톡 털어 넣을 날.

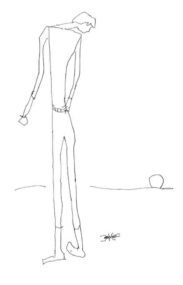

제6장 질곡

존재의 겨울

풀썩 몸을 내던진
소파의 각질이 희다.

볕이 든 겨울 창가
먼지들이 부활하고 있다.

낡은 털옷에서 빠졌는지
부푸러기 하나 공중부양 중이다.

호주머니에서 꺼낸 긴 손으로
잽싸게 낚아채 본다.

손바람에 놀란 부푸러기는
얼른 옆으로 비켜서고,

소파만 삐그덕
용수철의 된소리를 낸다.

상체를 세워 엄지검지로
조심스레 부푸러기를 집어본다.

부푸러기는 또
미꾸라지처럼 몸을 쏙 빼내

공중에 매달려 있다.

비스킷처럼.

밑 빠진 독

목구멍에 거미줄을 쳤다
주둥이가 새끼제비다

짱돌이 날라 왔었다

제6장 질곡

떠돌이개

남아 돌면서도
늘 배가 고픈 도시

골목길 감나무엔
까치밥이 없다

제6장 질곡

삼각관계

생존이 자유의 흰 목덜미를 움켜쥐고
땅바닥으로 내동댕이치는 것을 보면 슬프다.

생존이 사랑의 화려한 겉옷을 입고
웨딩마치를 울리며 가는 것을 보면 슬프다.

자유가 생존의 목구멍으로 기어 들어가
빠져 나오지 못하는 것을 보면 슬프다.

자유가 사랑의 옷소매를 끝내 뿌리치고
등을 돌리며 떠나는 것을 보면 슬프다.

사랑이 생존의 빵 한 조각을 놓고
할퀴며 물어뜯는 것을 보면 슬프다.

사랑이 자유의 바짓가랑이를 붙잡고
질질 매달려 끌려가는 것을 보면 슬프다.

디스플레이 밝기 조절

세상이 어두울수록
빛나는 태양처럼 난세의 영웅이 태어난다는
초등학교 때 담임 선생님의 말씀이 생각나는 지금.

나는 어둠 속이다.

벌건 백주대로 횡단보도 앞
신호를 기다리고 있다.
새로 구입한 스마트폰 액정화면이 캄캄하다.

나의 세계가 온통 먹통이다.

〈바탕화면〉
〈설정〉으로 들어가
〈디스플레이〉
〈밝기〉 코너에서

제6장 질곡

바를 눌러 오른쪽으로 끝까지 이동시켜
더 밝게 조절해 봤지만 여전히 화면은 암흑 속이다.

내게서 영웅이 태어나지 않는다.

집에 돌아와 불을 끄고 침대에 누워
스마트폰을 꺼내본다.
눈이 부셔 액정화면을 처다볼 수가 없다.

〈밝기〉 코너로 돌아가
바를 눌러 왼쪽으로 길게 잡아당겨
더 어둡게 조절했더니 잘 보였다.

밝은 세상일수록
태양보다 더 밝지 않으면 살기가 어렵다.

나의 영웅은 끝내 보이지 않는다.

제6장 질곡

하루살이

방 안에 생명 있는 건
너와 나
딱 둘

수직의 벽면
벼랑이 더 편한 너와

수평으로 된 침상도
늘 맘이 편치 않은 나

너와 나 뭐가 다르고
누가 더 잘났는지 잘 모르겠다.

백년을 살아도
잘 산 단 하루 똑같은 36,500장의 복사

넌 오늘 하루
나의 스승이다

......

마지막 호흡의 날에
늘 필요한 건 한잔의 막걸리

해질녘 우연히 너의 잔해를
광화문 술집 막걸리잔 속에서 보았다.

한 모금의 술잔도 따라주지 못했지만
너는 스스로 술향에 몸을 던져
끝까지 행복한 하루를 쟁취하였다.

너의 껍데기를 복사하는 예식을 치른다
스마트폰 카메라 1,600만 화소로

너를 차마 기린다.

제6장 질곡

집 없는 달팽이

지금
나에겐

지붕이 필요하다

제6장 질곡

커피

너 안의 천사에게
말을 건넨다.

더운 김이
안경알을 덮친다.

올 겨울은
너무 가물고, 푸근하다고
푸념하면서도

폭설이 내린 어느 대륙의
얼어붙은 도시

사람들의
수심 어린 낯빛과
동동거리는
얇은 양말의 두께를
걱정하는

이국땅
공장 굴뚝은
검정색 고드름이
미끄럽다.

아.
어머니.

어머니는
누우런 불빛
침침한 머리맡에서

한 땀 한 땀
구멍이 난
양말을 기웠었지.

문자다.

전화 안 받냐.
잘 지내냐.

술국

바다 한가운데에서만
떠오르는
고래의 자존심처럼

2차
3차

내일로 가는 길목에서 돌아서는
막막한 용기

그런 자들에게만
아리따운 처녀는
속살
아니 속뼈까지 보여준다.

제6장 질곡

오도톨
오도독 씹히는 분홍빛 속것들을
다 꺼내어 보여준다.

가장 옹골지고
순결한
너의 뼈를 씹고
소주 한잔 털어 넣고
그래야

자
이제 집에 가자.

제7장 내려놓다

민들레 홀씨

하나 둘
내려놓게 되는 요즘

사는 게
훨씬 가벼워

* 민들레 홀씨: 민들레는 홀씨식물이 아니나,
  느낌이 좋아 그대로 쓴다.

아o. 17

제7장 내려놓다

정의란 무엇인가

존속
욕구
에너지
포지션

그런 것들에 갇히지 않은
정의란 없다

대개는
존재 그 자체가
가장 불의하다

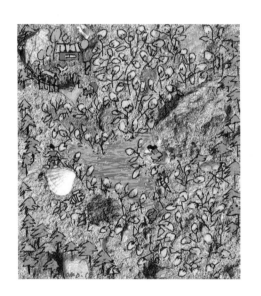

제7장 내려놓다

이유

그냥
여기 산다구

허리상학

절망의 대부분은
그렇게 생각하기 때문이다

허리상학

상체를 보듬으면
외길이라도 건널 수 있다

제7장 내려놓다

빙산의 무각

지평선 위로는
솟아나지 않기

제7장 내려놓다

다랭이 논

남해 바닷가
벼랑 앞에서
달리던 차를 멈춰 세웠다

하마터면
반으로 접을 뻔했던
데칼코마니

연필로 그리다가 말았거나
미처 색을 다 칠하지 못해서
못내 묻혀져 버렸을 무언가를

제7장 내려놓다

마치
다시 되찾기나 할 것처럼
그렇게 더듬거려 보는 것이

앞길에 놓여진
내 나머지 미래의 모습일지라도

나는
후회하지 않을까

제7장 내려놓다

풍경

멀리서 보면
아름답지만

가까이서 보면
아프다

적어도

책 속에서
"책 속에 길이 있다"는 것을 배웠다

제8장 궁극

오름

오름을
오른다

삶을
산다

제8장 궁극

거인의 키스는 두툼했다

한번도 볼펜 꼭대기를
기어서라도 올라가 보지 못했다.

덥석 덮치거나
그냥 무디게 스쳐 봤을 뿐.

먼지가 내려앉을 세상은
수두룩하다.

속으로만 파고들어
작아질 줄 모르는 목이 마른 꿀대롱.

제8장 궁극

하찮은 무덤들이
다시 태어나는 소인국

아무개씨 입술은
끈적끈적할 것이다.

탕 밖의 남자

탕 안으로 들어가기 전
아르키메데스

장자의 나비

꿈꾸고 있어

모든 게
붕 떠가고 있어

제8장 궁극

물지문

맨
밑바닥
속
곡절

간월도 1

바로 코 앞의
향수 짙은 유혹을 뿌리치는 데에는
한 몸뚱가리 키 높이 만큼의 간격을 메꿀
한량 없는 양의 바닷물이 필요했다

낮엔 물빛
밤엔 달빛

아무리
뒤돌아 보아도
이미 어쩌지 못하는 육지

제8장 궁극

간혹
바닷길이 열리던 때에도

아주 가끔은

퇴화라도 된 듯
앞으로 나아가지 못하는 두 발이
철퍼덕 그 자리에서
무릎을 꿇기도 했다

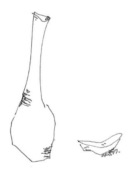

간월도 2

언제나 나는 저 물빛이었던가
어디서나 나는 저 달빛이었던가

때로
바닷바닥이 꺼멓게 드러나고
하늘바닥이 깜깜해지더라도

다시
조금씩 배어나며
차오르는

저 물빛
저 달빛이었던가

나는

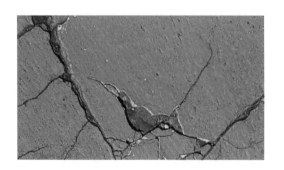

제8장 궁극

나무새

이름 모를
저 열매나무와
저 들새는

언젠가
사라져 잊혀질 이름의
나입니다.

열매나무와
들새와
나는

하나이고

나무와
새와
나는

제8장 궁극

그 모든
어떤 것이기도 합니다.

오늘 내가
나를 사랑할 수 있는
유일한
까닭은

나는
내가 아닌

그 모든 것의 일부이고
그 어떤 것의 전부이며

또한

그 어느 아무 것도 아닌
그 무엇이기 때문입니다.

제8장 궁극

숲길

온기가 부족한
계절의 아침

그림자는 더욱
길어지겠지만

훌쩍 키가 크는
하루입니다

제8장 궁극

자전거

이제
떠나려 합니다

잠시
빌려가도 될까요

다시
가져다 놓겠습니다

제9장 동심으로

자치기

그때가 가장 좋았지
아무 생각 없었지

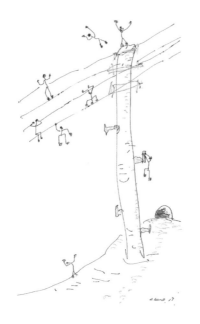

제9장 동심으로

개구쟁이

맘껏 놀았어
위험한지도 몰랐지

제9장 동심으로

옥토끼

송편
같이 빚었다니까

다람쥐 추석

마음만큼은

늘
넉넉했지

제9장 동심으로

형, 나도 차도 돼?

그럼

네가 좋아한다면
그게 다지

제9장 동심으로

시계풀

서울에서 온 영희에게
토끼풀로 손목시계를 만들어 주었다.

새하얀 영희는 좋아서
토끼처럼 풀밭을 이리저리 뛰어다녔다.

언제 서울로 올라갔는지
그날이 처음이자 마지막이었다.

일년 후에도
이년 후에도
방학 때 영희는 내려오지 않았다.

양영은

실낙원

언젠가는 더 이상
공을 찰 수 없겠지

그때 나는

낙원을 잃어버리고
어른이 되겠지

만족

많이
필요 없다

제10장 미래

더 늦기 전에

여기
어디쯤엔가

푸른별이 있었다던데.....

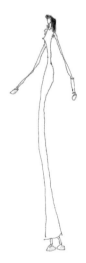

제10장 미래

마른 장마

날 위해 울어주지 않는 하늘

......

하루 종일

온몸에서 진땀이 났다

〈돌돔〉

열돔

돌돔
자리돔은
들어봤어도

열돔?

처음 듣는 신조어(魚)다.

* 열돔: 고기압에서 내려오는 뜨거운 공기가 돔 모양
  으로 갇히듯이 지면을 둘러싸는 것. 폭염을 유발하
  므로 온실가스를 줄이는 게 필요함.

로벗

로봇이 될지
로벗이 될지는

우리한테 달려 있어

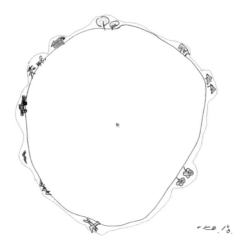

제10장 미래

유료

공기도
사먹고 있다

생수처럼

제10장 미래

모두

소통하고 있다
각자

제10장 미래

꽃, 2041년

나를 이해하고 있다고
쉽게 말하지 말아요

내 맘을
알 순 없죠

달 표면에
첫발을 내딛던 날

옥토끼는
감쪽같이 숨어 버렸죠

제10장 미래

어디론가 사라져
떠나 버렸죠

잊혀졌던 그 전설을
나는 알고 있죠

그대가
나를 이해하고 있다면

그대도 다시는
나를 찾을 수 없죠

제10장 미래

X마스 이브

설국열차 차창 밖
한 송이 장미가 되는 꿈은

백화점 주차장 B4에서
현실이 되었다.

밀려드는 굴뚝들
으슬으슬 입술이 갈라지던 날

혓바늘을 밀어내고 있는 혓바닥이
보따리 째 살인미소를 대량방출하고 있다.

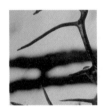

제10장 미래

산타클로스는
노란 열매가 귀하다.

눈이 마주치고 싶어
말년휴가를 나온 고참병장

반납하지 않아도 되는
제설용 야삽을 빌려

달려본 적 없는 순록 이마에
탱자나무를 심었다.

제11장 사랑

별똥별

우주를 유랑하는 것과
골목을 배회하는 것과

무슨 차이가 있을까

제11장 사랑

몸통

깃털도 없이
깃털 위에서 태어나
깃털로 된 집을 짓고
깃털들이 다 자랄 때까지
깃털을 펄럭거리다가
깃털 위로 떨어져
깃털 속에 파묻혀
깃털로 다시 솟아나
깃털 없는 것들을 보듬다가
깃털 위로 떨어져
깃털 속에 파묻혀

깃털을
펄럭거리다가

제11장 사랑

문득 어느 날

그대 떨구고 있는
눈물방울이

눈물주머니로
보였다

노안이라도
왔나

제11장 사랑

음치

호박 고구마에 이어폰을 꽂고
흙 냄새를 더듬어
눈으로 역사를 써내려 가고
작은 벌레들의 사각거리는 입술 모양에
코를 가져가 대보아도
맛과 느낌 같은 것들을
딱 부러지게 구별해낼 수 없는 둔감의 시대

태어날 때부터 노래 속으로부터 헤엄쳐 나와
노래 속에서 아름답고도 슬픈 전신을 거울에 비춰 보고
저녁연기는 율동이 푸른색이라서 어린아이들이 함께
부르던 길거리의 노랫가락처럼 살아간다는 것을
잊어버리고 또 저버리고 산다

제11장 사랑

천군만마

"지엥아,
무신 가시나가 되가
꽁을 다 찬다카길래

고마,
이 어메가 무식혀서 그캤는갑다

인자
니 좋아하는기 니 잘 하는기
맘껏 하그레이

이 에미가 응원할 끼구마
우리 지엥이,
파이팅이데이!"

제11장 사랑

축구차는 날

"나이깨나 묵어가꼬,
으떡케 축구를 다 차냐고들 허능가 본디.

이거이 말이시, 긍께 축구찬다는 거이
단순허게 그냥 마악 뽈만 차는 거이 아녀.

어릴 쩍으 다들 뽈깨나 차봤잖응가베.
아, 소시 쩍으 뽈 한번 안 차본 놈이 어딨단가.

근디 군대 제대 허고, 장개 가고
그때부텀은 뽈을 찼어도 얼마나 차 봤것어.
어쩍케 허다봉께 나잇살만 묵어붕거제.

글고 말이시
살아 봤응께 알 것지만서도 뭐 대단헌 거 있어?

어릴 쩍으 축구뽈이 없어가꼬 돼야지 오줌보를 말이시.
히히. 해 떨어지는 줄도 모르고 말이시
동네방네 다 차고 댕겼는디 그때가 아무 생각 읎이 체엘
로 좋았던 거 같혀. 히.

더 늙어가꼬 뻭따구 짜그락거리기 전에 말이시
그때쩍겉이 히히. 혹시나 싶어가꼬 지금 뽈찬다고들 저러
는 것이여 다들.

아, 숨차먼 쫌 쉬어감서 시나브로 차먼 되고
암튼 살어 봉께로 무조건 단순헌 게 좋은 것이여.
뽈찬다고 뛰어댕겨봐
아무 잡생각도 안 들어붕께.

글고 말여 축구 끝나고 막걸리 한 사발 혀봐.
캬, 그거이 최고제 최고여.

아직까정도 앞으로도 말이시
살라먼 뻬빠지게 일험서 돈벌어야제.

아, 안 힘든 놈이 누가 있간디 요즘같은 시상에
그려도 말이여 그랄수록 운동혀야 혀. 돈 안 들잖에.

글고 까딱하다 죽어뿔면 그걸로 끝잉께.
식구들이 불쌍허제. 그거이 젤로 무서
그거이.

긍께 말이시 나잇살깨나 묵었다고 자꼬 방구석에
처박히면 안 뒈야.
나이 묵을수락 말여 엘씨미 뽈도 차고
아, 젊은 놈들 말이여 눈치볼 거 한개도 읎어
가들이 내 인생 안 살아주는 벱이여
암면 택도 읎제.

긍께 알았제. 잉? 담에 또 나와. 잉?
그려서 같이 축구도 차고 막걸리도 한 잔씩 허고.
아, 그라믄 뒈제. 그라믄 뒈제 멀 더 바라것는가.
시방 우리 나이에."

제12장 꽃의 이름으로

착시

일장춘몽에
화무십일홍

그토록
아름다웠던 사람아

어느 목벽에
새 한 마리
꽃잎 하나 물고 있다

제12장 꽃의 이름으로

꽃 그림자

떨어지는 갈꽃잎엔
그림자도 머물지 않네

제12장 꽃의 이름으로

달개비 풀꽃

우연히
왔던 것처럼

그렇게
또

우연히
가고 싶다

＊새끼손가락 손톱만한 달개비 풀꽃.
　허리 굽혀 가만히 들여다보면
　사실 갖출 것을 다 갖추고 있다.
　주어진 생을 당당하고 아름답게 살아내고 있다.

제12장 꽃의 이름으로

목련

담벼락의 봄볕
문득 피어나는 기운생동

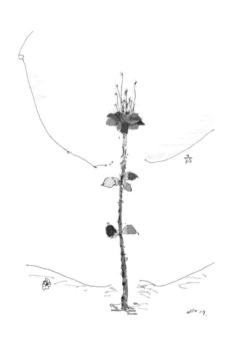

제12장 꽃의 이름으로

너머

욕망을 긍정하자
욕망도 나에게 미소를 지었다

제12장 꽃의 이름으로

산까치 수염

내 이름을 갖고 싶어

* 누구나 언젠가는 주인공이 되는 세상을 꿈꾼다.

제12장 꽃의 이름으로

소확행

말로 표현하기 어려워
책상 위에
꽃 한송이 놓여 있는 날과
그렇지 않는 날의 차이

* 소확행: 일상에서 느낄 수 있는, 작지만
  확실하게 실현이 가능한 행복.

제12장 꽃의 이름으로

새 출발

아침햇살이 그려놓은
거실벽화

긴 양말을 신고 있다

양종윤

전북 남원 산골에서 태어나 지리산을 보며 자랐다.

고등학교 시절 철학을 하고 싶었다. 법대에 가도 법철학이 있다는 말에 속았다. 88년 고려대 법학과를 졸업하고, 서울대 대학원 법학과를 수료했다.

25세에 사법시험에 합격한 뒤 사단 검찰관으로 법무관 3년을 마쳤다. 지적재산 관련 1위의 로펌에서 활동하다 지금은 법무법인의 대표 변호사로 일하고 있다.

스마트폰 액정이 깨져 G노트로 바꾸면서 일상에 변화가 찾아왔다. 폰으로 찍고, 쓰고, 그려보면서 스마트폰 낙서쟁이가 되었다.

그리워서 풀꽃이다

초판 1쇄 인쇄 2019년 1월 17일
초판 1쇄 발행 2019년 1월 24일
지은이 양종윤 | 펴낸이 김시열
펴낸곳 도서출판 자유문고

      (02832) 서울시 성북구 동소문로 67-1 성심빌딩 3층

      전화 (02) 2637-8988 | 팩스 (02) 2676-9759

ISBN 978-89-7030-136-5 03810 값 12,000원

http://cafe.daum.net/jayumungo (도서출판 자유문고)